KB122698

주변정리

주변정리

김운용 시집

개미

전문예술단체 〈장애인인식개선오늘〉의 장애인 창작활
동지원 프로그램을 통해 장애인의 문화콘텐츠 제작을 위
한 창조적 문화예술 활동을 이어오는 동안 성장하고 인
정받은 것은 장애인 어느 한 개인의 역량만으로 가능한
것이 아니었습니다.

더불어 장애인 문화예술 활동을 활성화하기 위해서는
장애인의 문화적 욕구와 권리에 대한 국가적 차원에서의
지원과 배려가 반드시 필요하다고 생각합니다. 문화예술
의 평생교육과 지금까지 장애인 문화예술 활동에 대한
배려가 없었던 것은 아니었지만 비장애인에 대한 지원과
배려에 비해서는 미미한 수준이 사실입니다.

장애인의 '문화적 권리'가 '적극적 권리'로 규정된 것
에 비해 장애인의 경제적 조건은 여기서 말하는 개인의
경제적 조건이 아닌 인간의 가장 기본적인 권리 즉, 이동

권과 문화향유에 대한 시민적 권리를 말하는 '인권적 측면'을 지칭하는 것입니다.

장애인의 문화예술은 〈장애인 공교육 프로그램 개발 및 활동〉과 '참여할 수 있는 기회를 보장'해야 하며, 그러한 후에 비로소 '직업재활'과 '경제활동' 등을 할 수 있는 생산적 문화복지의 틀을 완성할 수 있습니다.

전문예술단체 〈장애인인식개선오늘〉의 올해의 성과라면 한남대학교 멀티미디어학과와 함께 캡스톤 디자인을 통한 콘텐츠 제작이었습니다. 그동안 2014년~2019년 현재 세종도서문학나눔에 선정된 '장애인 작가들'의 배출과 2018년~2019년 현재 대한민국장애인문화예술대상에 심사 참여 및 문학부문 대상(문광부장관상과 국무총리상 등)을 배출하여 대전광역시가 장애인문학의 산실임을 성과와 작품성을 통해 확인하였습니다.

곧 〈장애인문학〉의 대중화를 이끌어 간 최초의 사례가 된 것입니다. 즉 장애인 문화예술교육 활동의 기회제공, 이들의 작품성으로 인한 대중적 접근성을 신장하였고 문화예술계 전반에 참여할 수 있는 전반의 역량 강화에 이바지한 것입니다.

또한 이와 같은 사회 참여 과정은 장애인이 작가와 독자가 되어 보다 풍요로운 삶을 영위할 것이며 동시에 사회통합과 공동체 사회의 이념을 다듬어 나가는 초석이 될 것입니다.

이번 장애인 창작집 발간지원 사업에 선정된 장애인 작가들은 작품집과 대중성을 확보하고 〈장애인문학〉을 통해 보다 적극적인 문화적 권리 함양에 이바지함은 물론 이러한 콘텐츠를 통하여 '일자리 창출'의 기회를 삼아 '생산성 있는 문화복지'의 주인이 되길 바라는 마음 간절합니다.

끝으로 대전광역시의회 그리고 대전광역시와 대전문화재단 관계자 분들께도 깊은 감사를 드립니다.

2019년 12월
전문예술단체 〈장애인인식개오늘〉
대표 박재홍

몇 년 만에 두번째 시집을 내게 되었습니다. 그동안 많은 일이 있었습니다. 사고로 생긴 다리 염증으로 3년 동안 치료받으라는 처방 이후 입원과 퇴원을 반복하고 사랑했던 사람과의 이별도 겪어야 했습니다. 한해 사람의 관계에서 오는 아픔을 딛고 다져먹은 마음이 오늘을 살아가는 현실 속에서 하루 일기처럼 써내려가는 시를 쓰다 보니 2,000여 편의 분량이 된 것 같습니다. 이를 귀하게 보신 심사위원님들의 응원으로 인해 단행본으로 묶게 된 것을 깊이 감사드립니다.

하나님이 주신 선물 같은 시집이 앞으로 더 열심히 시를 쓰라는 것으로 알고 최선을 다하겠습니다.

2019년 12월
김운용

주변정리
차례

2부

해설

1부

주변정리

장애인 활동가 동지들에게 작별인사를 하고 악수를 하
는데
이미 비워야지 하는 마음도 건네며 잡았던 그 손,

돌아서는데 후회만 남아서 '미안하다' 나름 멋진 활동
가 되고 싶었지만 이미 무너진 현실에서

아프게 정리를 하고, 하나 정리를 하면 시간은 굽이쳐
흐르고
다시 돌아가는 자리에 단단한 옹이 하나 만들고, 되새
김질하듯 되뇌인다

'새로 싹을 틔우기까지 기다리는 거다'

징계

양봉에서 벌들이 집단으로 따돌림당하듯이
자립생활센터에서 벌어진 일이다

엉망인 것은 '무지'에서 오는 자책 같은 것
그래도 결정에 승복하기까지 배우며,
놓치지 않고 시를 쓴다

시인은 가난하다는 공식이 아프지만 운명이라면
원망하는 마음도 꾹꾹 눌러 썼다 마음을 비운다
생각하고서

굴욕

비굴하지만 살기 위해서 인정하자 내가 뿌린 관계에서
오는 상황에서 살아남기

활동하고 싶은 마음은 군집 속에 들어가고 싶은 마음
이라는 것을 알지만

이대로 포기하기 싫은 것은 중증장애인이 갈 곳이 없
기 때문이다 라고 인정하며

군집하고 싶다

치욕

오늘 나에겐 치욕이었다 교만이 나를 만들어 버리고 추악함에 나를 내놓고 얼마나 무너지고 바닥을 쳐야 다시 올라갈 수 있을까 되묻고 싶었다

군집에서 멀어지는 것은 시인이 되는 것이다 라고 스스로 되뇌이고 있었다[1]

---

1) 군집(=탈시설화 이후 장애인들은 장애인 자립 생활센터를 통해 활동보조나 프로그램에 접근하여 인권이나 동료상담 등 활동가로 활동하고 있다)

동지 여러분

송구합니다 제가 부족한 탓입니다 변명하지 않고 제가
책임지고 물러갑니다

인간답게 살고 싶어서 '장애인 운동'을 하였고, 치열
하게 투쟁하고 세상을 바꾸고 싶었습니다

하지만 급한 성격으로 동료들에게 상처를 주고 불미스
럽게 떠난다고 생각하니

마음이 착잡합니다 저의 탓입니다 아무것도 변명하지
않고 책임을 지지만

치열하게 반성하고 단단해진 나를 보기 위해 쪽팔리게
떠납니다

샤워

  씻는다는 것은 지워버리는 것이라고 생각하려고 물길에 나를 맡긴다 씻는다는 것은 다시 시작하는 것이라고 믿는다 '샤워'를 하고 나면 군집에서 도태된 나를 지울 수 있을 것이라 믿었는데 그게 아니다 '물줄기가 차갑다'라는 것을 알았다

간절하게 올린 기도

당신 앞에서는 죄인이 된다는 것을 엉망으로 된 저를 돌이켜 보면 알 수 있습니다 장애를 이고 더욱더 가난한 삶을 살고 있지만 인정하고 책임지는 하루가 새롭게 태어날 수 있도록 도와주시면 좋겠습니다

날마다 지고 가는 십자가처럼 하루하루 살아가는 날 수만큼 용기를 갖도록

'도와주십시오'

겨울비

처량하게 내리는 비는 오갈 곳 없는 나의 운명과도 비
견하고, 울고 싶을 때 울 수 있는 하늘은 나보다 낫고, 처
량함은 시인의 마음처럼 고즈넉하다

궁금한 것은 '이 비가 내리고 마르면 희망은 올까?' 싶
다

절제

혹암의 겨울을 견디고 나면 이제 포기할 수 있는가?
라고 묻는다

돌아가고 싶지만 최소한의 생계를 지탱하며 은둔을 유
지하고 성찰을 하다보면
볍씨만큼 햇살이 벙긋거리며 문틈을 열고 들어서겠
지?

그때까지 절제하자 뭘 잘못했는지 모르지만

친구에게

어디든 관계를 깨뜨리는 것은 생존의 가치보다는 질투
가 깊기 때문이라는 것을
　내가 망가지고 나서야 알았다 그것도 사람이 가장 잔
인하다는 것을 너를 친구로 생각하고 배우게 되었다

　더욱 깊어지는 것은 우정의 가치를 인식했다는 점이다
사랑이 옹이가 되면 우정의 가치가
　싹이 튼다는 것을 어둠깃에서 배웠다

사랑

잊지도 않는 그대의 품에서 안겨 쉬고 싶다

살면서 이유 없이 들어야 하는 숨은 욕들
비난과 마음 저 바닥에서 긁는 치욕감에
지쳐가는 나를 볼 때마다

그냥 짝사랑이라도 좋다 무릎 베고 누워 벨 수도 없지
만
여름날 평상에 누워 별을 세듯이 소낙비
내리는 시간만큼이라도

몸부림

6년의 시간 동안 매일 하루를 카톡 또는 쓰러지거나
고통받는 동지들의 삶을 향해 직시했었다

그들의 삶을 욕해서 비난을 한 것은 사실이지만
감정조절이 되지 않은 것이 사실이지만

미련이 남는 것은 나의 문제라는 것을 알고서
풀잎처럼 떨고 있는 나를 보았다

무덤덤하다

무리에서 벗어난 꽃처럼 올해의 불운이라
생각했으나 그것이 불운인지 천운인지는
몰라도 슬픈 현실임에 틀림없다

생각하면 마음만 아픈 것이 엎친데 덮친 격으로
'가난'과 기약 없는 활동정지와 활동비 없는
어떻게 살까라는 되물음?

울적한 마음

 울고 싶은 마음은 하지만 감당해야지 그래 한 번의 실수로
 장애를 얻은 것은 '운명이다' 라고 생각하면 되지

 오늘만 생각하자 다가오는 운명은 나도 모른다
 두려움 현실에서 못난 나의 모습은 보도블럭 사이
 민들레처럼 임대 아파트에서 먼 산을 바라보고 있다

 깊은 숨을 고르며 '그저 웃자'

은둔생활

베란다의 꽃은 나처럼 단단한 오늘을
이제는 준비를 한다 라고 믿으며
각오를 하는 일인데

멍울이 꽃이 되기 두려운 것처럼
스스로의 선택은 운명이고 책임이다.

나처럼 되지 말라고 거리에서 선인장
화분 두어 개를 준비했다

준비하자
주변 동지들에게 인사를 하고
주변을 정리 해야지 들려주며

스스로 각오하는 일인데 '아프다'
다시 활동하고 싶다는 일념에는
희망이 없다

마흔넷

'장애인차별철폐'를 외치던 내가 산다고는 하지만 군
집에 서투른 것은

주변을 살피지 않고 상하를 살피지 않고 철이 없이 행
동과 직설적인 화법
　욕먹고 사는 것이 싫지만 아직도 정신 차리지 못하는
나

마흔 넷

불운으로 시작해 새로운 마음으로 태어나 자라고 풀잎
처럼 몸을 뒤척이며

할 수 있다, 나는

겨울 강처럼

바람이 불어오는 강둑에서 추위를 견디는
새들과 들판처럼 정지된 휠체어
마음이 흘려보내는 것은 '허탈한 마음'

스스로 게워내는 부질없는 짓의 '연민'
차가운 겨울 강처럼 속으로 울자

연휴 지나고

일상으로 돌아가는 아침 이제는 마음을 비우는 것이다

걱정도
불안도 이제 사라지고
평온한 마음

아침을 시작하는 것은 음악을 듣는 것이다

좋다.

기본소득

힙합을 듣는다

레페의 노래의 묘한 율동과 비트
리듬에 나를 맡긴다.

아무것도 생각하지 않는다.
음악 한 곡에
나를 잊고 산다

리듬,

나를 장애로 떠는 몸의 진동 같고, 장애를 지고 살아온
운명의 깊은 울림 같다.

감옥

나를 무거운 마음으로 바라보았다

마음의 감옥에 수형번호를 주고
스스로의 성찰을 위해 가두었다

나는 스스로 잘못된 행동을 통해
스스로를 통제하였다

'폭언' 국회에서도 하는 것을
내가 스스로 잘못된 언어를 뱉으므로
수형을 자처하게 되었다

이제는 책임이 필요하다
나를 곧추세우는 고춧대처럼

2부

바람에 흔들린다

베란다 화분에 촉 하나가 바람에 흔들린다
봄이 오는 중이다

마음이 몸을 일으키며 촉을 지그시 밟고
떨리는 중이다

어디로 가는 걸까?

변하지 않는 것

타인이 아니라 바로 나였다 탐욕을 가진 것이 세상이
아니라
바로 나였다

장애가 괴물처럼 느껴지는 것이 아니라
세상의 시선에 드러난 나의 마음이
점점 괴물이 되어가고 있다

詩(시)가 나를 구원할 수 있을까?

나는 어떤 사람인가

느린 마음이 조바심하며 질투만 자라는
나는 형편없는 놈

그래서 못났다는 생각을 해서
분노조절이 어렵다

결국 그것은 나는 어떤 사람인가에 관련된
'되물음' 두렵다

멍하다

생각을 한다는 것은 불안한 것이다 꽃들을 딛고 화분을 나르는
벌들의 소리처럼 내 속에 타들어 가는 마음이 봉인을 여는 것이다

입이 마르고 타들어 가는 중에 아픈
머리는 망망대해에 건네는 눈길처럼
덩그러니 남아있다

한시름

국가가 계약을 하자고 해서 계약을 했다
홀가분한 마음이 오후의 햇살처럼
다가선다

한 달 남았다

입주를 앞두고 애기처럼 설레는 중에 내어 쉬는 숨

사람들

장애인들을 위한 삶을 살고자 했지만 장애인들 속에서
버티기가 힘들었다

그 후로

관계가 무서워 보이고, 피하고 도망쳤지만
일벌처럼 군집을 향한 본능이 가끔 붙잡고
우울하게 한다

아픈 마음은 그들로부터 오는 것이 아니라
내가 그들에게 다가서지 못하는
두려움에서 온다

청춘

사람들이 간혹 하는 말 '가는 데는 나이순이 아니다'

스무 살에 다치고 중증장애인이 되어 절망했을 때,

'세월이 약'이라고 일러주던 사람은
청춘에 대한 이해가 부족했던 것 같다

출발

중증장애인에게 시작은 이사를 하고 주어진 삶이라고
고지식하게 이해했다

출발점에서 가난한 시인처럼 그냥 시만 쓰자고

흐린 아침

흐린 날 마음이 우울할 때는 젖어서 한 편의 시가 되기
로 한다

거침없이 가는 것

아침에 집을 나설 때처럼 인생이 그냥
망설임 없이 가는 것이라고 규정할 때

후회라는 단어가 찾아온다

작업실에서

　비록 7평 집이지만 '영구'라는 임대아파트에 작은 작
업실을 하나 만들었다 8년 동안 사용한 이곳 '첫시집의
산고'를 치룬 곳,

　새로운 곳으로 이동을 하는데 나쁜 기억보다는 좋은
　기억을 두고 가려고 한다

죽음 앞둔 예수

예정된 죽음은 모든 사람의 몫이다 '속죄'와 '대속'을
이룬 그,

힘든 일이 있을 때마다 본 적 없는 그를 떠올리며 믿었
다

나의 두려움은 그의 축복으로 임재되어 견디었다

피곤

늦잠이 하루를 몽롱하게 했다 새로운 것은
다짐과 회개의 일환이 되는 공간이
아니길 바라는 마음

또, 하루를 넘어서자

투쟁

오늘 시점에서 대구는 장애인차별철폐를 위한 집회가
열리지만
난 갈 수 없다 회원정지 상태라 그렇다

가지는 않아도 지지와 연대를 보내지만 사람답게 사는
것이
정지된 그런 마음은 아닐 것이다

그래도 연대는 연대다

사월

바람에 사물이 흔들린다는 사실은 변하지 않는 것

끊임없이 되묻는 '나는 어떤 사람인가' 라는 생각은
지나치는 젊은 친구들을 바라보며 새출발을 떠올리며
흐린 아침 거침없이 가는 것

작업실에서 죽음 앞둔 예수의 노곤함을 바라보며
4월의 잔인한 투쟁 달 집회 현장을 향해 있지만

두문불출 시 몇 줄 끄적거리며 침묵하는 달

두문불출

삼일 동안을 집에서 묵언하고 지내는 중에 내 속에 저
민
아픔을 잘 다져 밑간을 하고 있었다

좋은 생각은 근사한 데코레이션 같은 것, 다시 사랑을
하고 싶은 날이다

거룩한 날

대성당에서 봉헌미사 웅장하고 아름다운 것

조용히 눈을 감고 부활하신 주님 만나는 것

아픈 것 다 잊고 축복만 내리는 날

졸시

시는 내가 쓰는 것이 아니다 마음이 행간을 채우고 여미지만
읽는 사람은 지 속 편하게 얘기를 한다

그래도 나는 쓴다

인연

끊어진 생각은 잇기가 어렵지만 다시 살아가는 삶은
새로운 길을 내고 생각을 잇는다

아득한 인연의 되새김질을 할수록 마음 한 켠에
묻는다

다른 길

주어진 길을 가는 것은 사람의 일일까? 하고 물을 때
가 많다

그렇다면 나는 잘 가고 있나 되물으면 무릇 결정장애
가 된다

결정장애는 중복장애 등록이 되지 않는다

찾지 못하면 바퀴가 구르는 대로 가지뭐

3부

햇살

볕 좋은 가을날이다 두려워 말을 건네지 못하는 눈부
신 시간이 찾아왔다
그냥 바라보면 희망이 떠오른다

돌아가고 싶은 마음

얼마나 시간을 보냈을까 그림자 길게 지는데 이제 그
만하고 돌아가자
　집으로 돌아서는 휠체어 뒤는 보이지 않는 그림자가
　전봇대 모양으로 비스듬히 땅에 엎드려 있나 보다 백
미러로 보인다

아파

　헤어지는 것이 서툴러 마음이 더욱 아프다 못 본다고
생각하면 현실을 견디기가 두렵다
　닿지 않은 운명 같은 아직 사랑하기 전인데 포기부터
배운다

　이별은 아프다

기적

병원에서 집으로 내일이라도 가고 싶은데 아직 감정의
기복이 심하다
가고 싶다, 혼자 있어도 그냥 마음이 그렇다

어떻게

가난은 비참하지 않다고 스스로를 다독이고 있다 살아
간다는 것도 어렵고, 나에게 아무것도 없어도, 일어서고,
인생이란 그런 것이라고 되뇌이며 아득한 오늘을 견디는
것 어떻게? 이렇게

소박하게

아무것도 필요없다는 것을 단지 글을 쓰고 평안하게
스스로를 고르게 숨 쉬게 하는 것을 보면
나는 이 공간이 소중하다 생각을 하지만 여전히 욕심
의 찌끼가 남은 것 같다

풀잎처럼 내년을 기약하며 언젠가는 나에게 희망이 기
다리고 있다고 믿고 싶다

우리 두 사람

오롯하게 걷다 다시 만나야지 사랑은 늘 시작점에서
너를 기다린다

일희일비(一喜一悲)

  군집에서 일벌들의 형벌이 제일 무섭다 의사결정에 불
만을 제기하면 여왕벌의 먹이가 된다
  언제 아물지 모르는 상처라도 '휴 머리가 아프다'

전동휠체어

어찌 되었든 간에 다시 병원 밖, 휠체어에 3단 기어를
넣고
대학병원을 우선 달리며 아침 공기를 허기진 배에 채
운다

일단 속도는 내보며 머리카락이 흩날리는 가을 아침이
좋다

일기

　매일 일기처럼 써 내려가는 시를 되새겨 볼 때 단상처
럼 체화된 나의 삶은 운명을 만난 듯하다 하루를 견디며
내 속과 밖의 경계를 허무는 일기는 시보다 짧다

몸부림

치열하기 때문에 살고 싶은 것은 생산적인 일이다 아
프다는 것은 살아서 퍼득거리는 일이다
사랑은 그 속에서 피 묻은 생각의 한 첨 살점이다

같이 살고 싶다

　한동안 너와 함께 하고 싶다는 이유가 이별을 자초했다 사랑은 현실임에는 틀림없다
　아무것도 없는 나에게 너는 그저 짧은 욕정보다 깊은 이해와 동질감 같은 것이다

　하지만 같이 살고 싶다

병상일기

아직은 가면 안 되고 돌아가는 것은 더더욱 안 되고
경북대 외상 병동이 지금은 나의 주소지,

지겹다는 생각이 들수록 기약은 없다 한 편의
시를 쓸 때 비로소 나는

살아있다

급한 마음

하루가 쏜 화살 같은데 내 마음이 그런지 병원은 많은
하고 싶은 것을 일깨운다
되는 일은 아직 없다 시간은 물처럼 흐르고 닮은 오늘
이
지리멸렬하다

독신

혼자가 편하다 사랑도 지나가는 물길이다 라고 하는
이들을 보면 한 대 쥐어박고 싶다
아무 의미는 없다 장애인으로 탈출해 보지 않는 길을
얘기하면 상처가 깊다는
사소함 때문이다

차분하게

비 맞는 풀잎처럼 아무것도 생각 없이 머리를 비울 때
까지
순간을 견디는 것이다.

지금, 이 고요함을 즐기는 것일 뿐

사랑

뭐가 그리 잔인한 것처럼 사랑을 그렇게 표현할 필요가
있을까?

후회도 미련도 없이 이제는 길을 가다 만나는 저녁노을처럼
마지막을 태울 수 있는 시도 있잖은가?

그래

이제 잊자, 옹이처럼 깊은 사랑
나를 위해 놓아 주자

사랑은 냉정하다는 생각보다
스스로의 깊은 울혈 하나는
토하는 짧은 시간
긴 상처가 아물 때까지

좋은 소식

아직은 가라는 말이 없다 돌아가고 싶은데 회진 도는
주치의를 향해 눈길 외에 따른 말을 할 수 없다

막연하고 기약 없는 아침에 까치가 울었다

장애인 콜택시

현관까지 올라와 나를 태워 간다 그녀를 바라보면
웃지만 향한 마음이

내 속에 작은 상처를 건드린다 누군가를 사랑한다는
것은
그렇다

아무런 생각이 없다

햇살을 향한 풀잎의 동선처럼 어떤 생각도 몸짓 외에
는 의미가 없다

흘러가는 시간 속에 어떤 것이 보인다는 것은 사계

차분하게 하루를 견디며 긍정적 자세로 서사하는 한
편의 시

개혁

　휠체어에 안전띠를 차도 내 몸은 저항하듯이 아직 멀
다
　저항과 갈등의 사이, 그래도 정의롭게 가려면
　작은 희생은 선택보다는 결정에 가깝다
　그렇게 차별을 철폐해 나가는 것이 숨은 그림자처럼
보이는 전동휠체어의 힘이다

詩로 여는 작위와
부작위의 윤리의식의 典範(전범)

박재홍 | 시인 · 《문학마당》 발행인 겸 주간

 아리스토텔레스의 '시학'에서의 '詩論(시론)'은 그리스 비극을 향해 있다. 거기에는 주로 비극과 서사시를 다루는데 비극은 '심각하고 완전한 심연을 이루고 모방의 형식을 띤 극적 연기의 방식'을 통해 연민과 두려움을 일으켜 카타르시스를 행한다는 전제로 볼 때 김운용 시인의 시작업은 유의미하다.

 여기서 김운용 시인의 시집 『주변정리』는 직설적 화법이나 서술형태의 시적 구성요소와 함께 현실적 빈곤함이 보여주는 숱한 비극의 현장성을 드러내고 있다. 스무 살에 장애를 경험하고 지금껏 중증장애를 천형처럼 짊어지고 살고 있는 것이다.

作爲義務(작위의무)는 장애를 가지고 끝까지 장애인에게 씌워진 사회에서의 왜곡과 차별을 딛고 일어서 생명과 인권의 선봉장이 되어 사는 장애인 활동가로서의 삶이다.

　장애인 활동가 동지들에게 작별인사를 하고 악수를 하는데
　이미 비워야지 하는 마음도 건네며 잡았던 그 손,

　돌아서는데 후회만 남아서 '미안하다' 나름 멋진 활동가 되고 싶었지만 이미 무너진 현실에서

　아프게 정리를 하고, 하나 정리를 하면 시간은 굽이쳐 흐르고
　다시 돌아가는 자리에 단단한 옹이 하나 만들고, 되새김질하듯 되뇌인다

　'새로 싹을 틔우기까지 기다리는 거다'
　─「주변정리」 전문

　장애인차별철폐연대는 국내의 유일한 제도개선과 부조리에 관련한 연대로 장애인의 권익과 제도개선 다양한 접근을 통해 장애인 사회의 혁신을 위해 노력하는 단체

에서 그의 직설적인 화법과 적극적인 행동이 가져온 '자격정지'라는 처벌이 가져온 깊은 낙담을 시에 고스란히 옮겨 놓았다.

단체의 영역에서 평범 이하의 중증장애인으로 군집된 사람들이 만든 경계가 그의 소심한 마음에 작위의무에 관련한 상처로 다가서고 그 상처가 스스로를 인정하게 만들고 '새로 싹을 틔우기까지 기다리는 거다'라고 말하고 있다.

오늘 나에겐 치욕이었다 교만이 나를 만들어 버리고 추악함에 나를 내놓고 얼마나 무너지고 바닥을 쳐야 다시 올라갈 수 있을까 되묻고 싶었다

군집에서 멀어지는 것은 시인이 되는 것이다 라고 스스로 되뇌이고 있었다[2]
　—「치욕」전문

그에 시는 사회에 대한 저항에서 오는 것보다는 스스로 자책에서 오는 맑은 정명에서 온다고 봐야 한다. 스스로 자신의 밥벌이가 된다고 생각하는 활동가의 활동비와

---

2)군집(=탈시설화 이후 장애인들은 장애인 자립 생활센터를 통해 활동보조나 프로그램에 접근하여 인권이나 동료상담 등 활동가로 활동하고 있다)

사람들이 스스로 쳐놓은 영역에 함부로 접근을 막고 있는 군집에 대한 일벌의 도태와 향수를 시적 장치로 활용하고 있는 것이다.

그런 작업에서 오는 단어 하나하나가 정말 어렵게 무겁게 표현되는 것이다. 그런 삶의 회귀성을 고립과 대립이라는 측면으로 풀어 놓은 김운용 시의 작위의무인 그냥 진술하게 시에서 들어내야 하는 '작위의무적 모습'이라고 할 수 있다.

또, 그에 시에서 드러나는 현상하나는 不作爲義務(부작위의무)를 들 수 있다. '사랑'과 '군집'에서의 능동성이다. 그냥 '하지 말아야 할 의무'로 규정짓는 것이다.

송구합니다 제가 부족한 탓입니다 변명하지 않고 제가 책임지고 물러갑니다
인간답게 살고 싶어서 '장애인 운동'을 하였고, 치열하게 투쟁하고 세상을 바꾸고 싶었습니다

하지만 급한 성격으로 동료들에게 상처를 주고 불미스럽게 떠난다고 생각하니
마음이 착잡합니다 저의 탓입니다 아무것도 변명하지 않고 책임을 지지만

치열하게 반성하고 단단해진 나를 보기 위해 쪽팔리게 떠
납니다
　―「동지 여러분」 전문

세상적 잣대를 들이대면 온전할 자가 없음에도 불구하
고 관계에서 오는 실수가 단체에서 치명적인 규칙으로
작용하고 관습법적인 제재가 따르는 곳의 군집 생활, 옳
은 일을 하기 위해 간 그곳에서 또 다른 차별이 존재함에
도 불구하고 그는 인정과 사랑 연대를 꿈꾼다.

어디든 관계를 깨뜨리는 것은 생존의 가치보다는 질투가
깊기 때문이라는 것을
내가 망가지고 나서야 알았다 그것도 사람이 가장 잔인하
다는 것을 너를 친구로 생각하고 배우게 되었다

더욱 깊어지는 것은 우정의 가치를 인식했다는 점이다 사
랑이 옹이가 되면 우정의 가치가
싹이 튼다는 것을 어둠깃에서 배웠다
　―「친구에게」 전문

연대의 관계성을 제어하고 離間(이간)과 反間計(반간계)
에 의한 순박한 사람을 윤리적 천착을 하게 만들고 조직
에서 도태시켜 스스로 '옹이'가 되게 만들 수 있다는 '친

구에게'라는 시는 그의 맑은 시심을 잘 드러내고 당하지
만 그냥 당하지 않은 단단함의 가치 그 희망의 '싹'에 대
한 토로가 일어난다.

> 잊지도 않는 그대의 품에서 안겨 쉬고 싶다
>
> 살면서 이유 없이 들어야 하는 숨은 욕들
> 비난과 마음 저 바닥에서 끍는 치욕감에
> 지쳐가는 나를 볼 때마다
>
> 그냥 짝사랑이라도 좋다 무릎 베고 누워 벨 수도 없지만
> 여름날 평상에 누워 별을 세듯이 소낙비
> 내리는 시간만큼이라도
> ─「사랑」 전문

  잊지도 않은 사랑하는 사람을 두고 세상의 욕과 비난
의 그 탁한 복심의 바닥을 끍는 '짝사랑'을 여름날 소낙
비 오듯 짧은 시간에 무릎베개로 표현해 내는 그의 시심
의 정명함을 드러내고 있다.

  작위와 부작위 사이에서 그는 스스로의 변화를 위해
노력해 왔다. 과연 그것은 세상의 그들은 화해의 손을 내
밀 준비가 되어 있을까라고 묻는다면 '고목나무에 꽃피

기를 기다리는 것이 낫다'라고 할 만큼 이미 왜곡되어 있다.

집단이 격렬할수록 그들이 스스로의 고고한 지위를 유지하면서 현장에 있는 일반 장애인들에게 가치있는 존재의 활동가로서 성장할 수 있도록 하나의 스스로의 끄나풀을 풀 수 있다는 전제가 깔리면 이것은 새로운 가치의 효용성의 궤를 같이 할 것이다.

'장애인차별철폐'를 외치던 내가 산다고는 하지만 군집에 서투른 것은

주변을 살피지 않고 상하를 살피지 않고 철이 없이 행동과 직설적인 화법
욕먹고 사는 것이 싫지만 아직도 정신 차리지 못하는 나

마흔 넷

불운으로 시작해 새로운 마음으로 태어나 자라고 풀잎처럼 몸을 뒤척이며

할 수 있다, 나는
— 「마흔 넷」 전문

바람이 불어오는 강둑에서 추위를 견디는
새들과 들판처럼 정지된 휠체어
마음이 흘려보내는 것은 '허탈한 마음'

스스로 게워내는 부질없는 짓의 '연민'
차가운 겨울 강처럼 속으로 울자
　　　　—「겨울 강처럼」 전문

　세상의 불공정과 차별에 대한 강한 연대의식을 가진
그는 시인으로 스스로를 향해 침잠되어 있는 행위는 소
극적 저항과 현실에 대한 두려움과 불안을 추스르기 어
려울 정도로 드러난다.그러나 시인의 삶으로서 슬픔과
번민 등은 '옹이'가 되어 더욱 더 단단함에도 불구하고
더 희망을 갖는 모습이 타인의 깊은 이해를 불러 일으킨
다는 점이다.

　힙합을 듣는다

　레페의 노래의 묘한 율동과 비트
리듬에 나를 맡긴다.

　아무것도 생각하지 않는다.
음악 한 곡에

나를 잊고 산다

리듬,

나를 장애로 떠는 몸의 진동 같고, 장애를 지고 살아온
운명의 깊은 울림 같다.
　　―「기본소득」 전문

　국가가 기본소득을 평가해 그에게 최저 생계비를 지급
한다. 하지만 그는 무거운 전동휠체어 위에서 앉아 힙합
이 주는 슬픔과 리듬이 그에게는 운명의 '기본소득'이
다. 그 뿐만 아니라 많은 장애인들이 그러할 것이다.

베란다 화분에 촉 하나가 바람에 흔들린다
봄이 오는 중이다

마음이 몸을 일으키며 촉을 지그시 밟고
떨리는 중이다

어디로 가는 걸까?
　　―「바람에 흔들린다」 전문

타인이 아니라 바로 나였다 탐욕을 가진 것이 세상이 아

니라
바로 나였다

장애가 괴물처럼 느껴지는 것이 아니라
세상의 시선에 드러난 나의 마음이
점점 괴물이 되어가고 있다

詩(시)가 나를 구원할 수 있을까?
—「변하지 않는 것」 전문

그의 긍정적 감성의 자의식이 얼마나 명징한 윤리의식
을 가졌는지 이 두 편의 시로 그가 앞으로 장래가 밝은
시인임을 부정할 수 없다. 결국 그럼에도 불구하고 '사
람들'이 문제였다.

장애인들을 위한 삶을 살고자 했지만 장애인들 속에서
버티기가 힘들었다

그 후로

관계가 무서워 보이고, 피하고 도망쳤지만
일벌처럼 군집을 향한 본능이 가끔 붙잡고
우울하게 한다

아픈 마음은 그들로부터 오는 것이 아니라
내가 그들에게 다가서지 못하는
두려움에서 온다
　―「사람들」 전문

　모든 것은 스스로에 대한 愼獨(신독)이 가져오는 미래의 밝은 모습이다. 김운용 시인의 시집 『주변정리』는 끝없는 스스로의 질문에서 비롯되고 사회개혁에 대한 동참을 하고 싶은 연대성이 강하게 자리잡고 있으며 그로인한 스스로의 높은 윤리의식을 시적 상징과 구조로 끌어들여 성공하고 있다.

　결론적으로 말하면 작위와 부작위는 일상에서 비일비재하지만 가령 세상의 부조리에 대한 노력과 연대를 통하여 구성원으로서의 행위를 작위라고 한다면 그것은 사회구성원의 의무이겠지만 시인으로 사는 김운용 시인의 이번 시집은 누구나 사회구성원으로서의 윤리의식을 가져야 한다는 부작위의 의무를 말한 것이다. 그것은 김운용 시인뿐만 아니라 세상을 사는 모든 우리의 몫이라 더 타당한 것인지도 모른다. 몇 해 만에 나온 이번 시집이 세상에 작은 밀알로 떨어져 싹을 틔우기를 바란다.

2019 장애인 창작집 발간지원 사업 선정 작품집

주변정리

1쇄 발행일 | 2019년 12월 31일

지은이 | 김운용
펴낸이 | 정화숙
펴낸곳 | 개미

출판등록 | 제313 - 2001 - 61호 1992. 2. 18
주소 | (04175) 서울시 마포구 마포대로 12, B-108호(마포동, 한신빌딩)
전화 | (02)704 - 2546
팩스 | (02)714 - 2365
E-mail | lily12140@hanmail.net

ⓒ김운용. 2019
ISBN 979 - 11 - 90168 - 03 - 8 03810

값 10,000원

주최 | 대한민국 장애인 창작집필실
주관 | 장애인인식개선오늘(고유번호 305-80-25363. 대표 박재홍)
심사 | 발간지원 사업 심사위원회
후원 | 대전광역시, 대전문화재단, 갤러리예향좋은친구들, 문학마당, 한국장애인
     문화네트워크, 드림장애인인권센터, 대전광역시버스사업운송조합, (주)맥
     키스컴퍼니

문의 | (042)826-6042